Gerd Kanke

WOLKENSCHATTEN

Herstellung und Verlag: BoD – Books on Demand, Norderstedt
Satz: Katja Kanke, Marburg
Titelbild und Federzeichnungen: Gerd Kanke
ISBN: 9783738650891

Für Uwe

Epitaph

Steh stille, Wandersmann!
Fürchte Dich nicht bey meinem Grabe,
wo die Erde von der Erden bedeckt wird,
die allgemeine Gestalt der Sterblichkeit
zu beschauen.
Fragst Du, wer ich sey?
Wisse:
Der ich gewesen bin, der bin ich nicht mehr.
Was Du jetzo bist, wirst auch Du nicht mehr seyn:
Darumb hüte Dich, mein Pilgrim,
diese meine Ruhe durch Dein Weinen zu zerstören:
Denn darumb lebte ich, damit ich stürbe.
Darumb bin ich gestorben, auff daß ich lebte
und
werde endlich auch mit Dir leben,
wenn der Tod wird gäntzlich tot seyn.
Indessen
werde durch mein Exempel klug
und lerne,
wie gebrechlich, wie flüchtig, wie nichtig
der Zustand sey,
in dem Du jetzo Dich befindest.
Ein mehrers erwarte von mir nicht,
sondern gehe hin:
Und weil ich in dieser Finstere Dich nicht erkenne,
so schaue zu, daß Du Dich selber erkennest
und also lebest, auff daß Du nicht sterbest ewiglich.

Erste Wanderung

Ein halb abgerissener Zettel auf Dagebüll Mole
flattert im Nordwind:
Heute mittag durchs Watt zur Hallig Oland,
zu Fuß bei ablaufendem Wasser.
Treffpunkt bei den Badehäuschen.
Dort wartet die Gruppe
zum vereinbarten Zeitpunkt:
Friesennerz-gelb.
Die Gummistiefel lassen Sie man hier, Gnä´ Frau,
die saugen sich doch nur im Mudd fest
oder Sie scheuern sich `ne Blase.
Und barfuß ist auch viel gesünder,
wenn Sie nicht gerade auf eine Klaffmuschel treten!
Bezahlen? - Ein Kratzen am Kopf:
Das macht die Frau!
Die Frau geht am Schluß der Gruppe,
Anne mit den langen Haaren
und mit dem Funkgerät,
von wegen der Sicherheit;
und vornweg geht Uwe, der Wattführer.
Glauben Sie man bloß nicht,
daß dies ein Spaziergang ist.
Der Nebel kann schnell zum Leichentuch werden.
Die tückische Sonne hält Hitzschlag bereit.
Und dann die Herzanfälle, häufig oft ...
Das Laufen im Schlick
ist Gift für den schwachen Kreislauf.
Uwe geht vornweg, der Wattführer.
Seine klotzigen Holzschuhe hat er zurückgelassen.
Sie warten dort bei den bunten Badehäuschen
und leisten den Gummistiefeln Gesellschaft.
Zersplissen, narbenübersät,
schweigen sie höhnisch

die gelbglänzenden Fabrikstiefel an.
Später vielleicht, wenn der buntgelbe Bandwurm
sehr fern im glitzernden Wattenmeer zerbröselt ist
zu Dutzenden winziger Ameisen,
später vielleicht
werden sie den neidgelben Gummi-Greenhorns
etwas erzählen,
auf Plattdeutsch natürlich,
mit friesischen Wörtern durchsetzt:
Von herbstlichen Sturmnächten,
von Landunter,
von See und Salz und Gischt
und vom Heulen des Nordwest im November.
Und gelber noch als die Stiefel
leuchten dazu die Butterblumen.
Und die weißflauschigen Schafe
malmen Verständnis vortäuschend
am frischgrünen Gras...

Weit draußen im Watt aber
erzählt Uwe vom Pierwurm
und wie er dort haust im salzigen Schlamm.
Und er erzählt von den Silbermöwen,
auch von den Austernfischern,
von Seesternen und von Muscheln
und von allerlei geheimnisvollem Getier.
Über allem spannt sich ein seidener Himmel
von ungeheurer blauer Tiefe.
Ein Luftmeer mit dicken, weißen Watteschiffen.
Natürlich:
Emil Nolde!
Wir bleiben etwas zurück
in einsamer Zweisamkeit
und betrachten die wandernden Wolkenschatten
über dem silbrigen Watt.

Das ist einer dieser ganz seltenen Tage,
die man niemals im Leben wieder vergißt!

Dann wartet wieder Uwe,
und am Beispiel eines Suppentellers
erklärt er der staunenden Gruppe
das Wunder von Ebbe und Flut.
Und wie er so da steht,
vollbärtig, mit windzerzaustem Lockenkopf
und blitzenden Augen:
Da wirkt es wahrhaftig,
als ob er die Gezeiten hervorrufen könne,
wie ein Poseidon der nördlichen Meere.

Zwei Stunden Rast auf Oland:
Das Kirchlein betrachten,
den seltsamen Glockenstuhl,
die uralten, hölzernen Heiligen
und das schwebende Schiff im stillen Raum.
Durch die engen Gassen
des kleinen Ortes schlendern:
Reetdachhäuser, Malven am Gartenzaun
und ein Sommerduft
aus Heu und aus Bratwürsten.

Im frischen Seewind auf dem Deich
ausruhen im wehenden Gras.
Halligflieder,
Salzvegetation -
na klar, eine Hallig!
Sich ganz lang ausstrecken,
die sonnenwarme Erde spüren
und den silbernen Wolkenschiffen zuschauen,
die hoch oben durch den klaren Ozean ziehen!

Rückmarsch in den beginnenden Abend hinein.
Der Pril vor Dagebüll läuft langsam voll
und hinter uns, im Westen, die Sonne,
sehr tief schon, messingfarben
in einem orangenen Himmel.
Ich drehe mich um und schaue
und kann mich nicht lösen
von diesem zauberhaften Gemälde in rotem Gold.
Rotglitzernd das auflaufende Wasser,
goldleuchtende Wolkenschleier
und die eleganten Schwingen der Seeschwalben,
rotgerändert im reißenden Flug.
Und rückwärts gehend schaue ich
und staune.

Und dann der Fall,
nach hinten natürlich,
mit ausgebreiteten Armen auf den Rücken:
So liege ich auf meinem Rucksack,
und meine Hose füllt sich langsam mit Wasser.

Das Dorf mit dem fröhlichen Namen

Märchenklang irgendwie,
so etwas von „Manntje, Manntje Timpeteh -
Buttje, Buttje in der See".
Abseits der großen Straßen,
zwischen Marsch und Geest,
ein kleines Dorf zwischen Verwunschenheit
und Traum.
Eine Häuserzeile nur,
das Pflaster (wenn es denn je eines gab):
löchrig,
staubig im Sonnenwind,
schlammig unter den Regenböen
des nordfriesischen Himmels.
Reetdachhäuser
unter Baum und Busch begraben.
Die riesigen Kastanienwipfel
im Frühling mit weißen Blütenkerzen besteckt.
Im Sommer:
Sonnenkringel auf stiller, staubiger Straße.
Und das Mädchen im roten Rock
mit der Milchkanne,
das Klappern ihrer Holzschuhe...
Das tiefe Brummen einer zufriedenen Kuh
irgendwo dahinten unter den Bäumen...
Und das Zwitschern der Schwalben,
die in reißendem Flug
über dem grünen Blättergewölbe jagen!
Und im Herbst die Farbenpracht des Laubes,

der bunte Abschied,
die großen Wolken
und der Sturm aus Nordwest,
der an den Fensterrahmen rüttelt.
Die gemütliche Teestunde,
der Ofen, die Lampe...
Der lange, dunkle Winter,
die Kindersehnsucht nach Pulverschnee
und weißen Weihnachten.
Und immer die Stürme,
die grauen, wehenden Wolken
und das Bersten der Äste,
der ächzende Dachstuhl
und die Angst,
die über Koog und Halligen liegt...
Dann der neue Frühling
und die sanften Lüfte,
die atmenden Felder im rieselnden Regen,
der sanfte, grüne Schleier
über Bäumen und Büschen,
die erste Schwalbe,
die bunten Blumen
und die Bienen,
die vor dem Flugloch spielen.

Eine kleine, halbverfallene Kate
mit moosbedecktem Reetdach:
Dieser heimliche Traum
von einer stillen Heimat
unter befreundeten Menschen.
Die Sehnsucht
nach dem So-ganz-in-sich-selber-ruhn.
Und die Vergeblichkeit dieses Traums
und die Erkenntnis,
daß auch hier inzwischen

die Zahnärzte und Börsianer
sich eine Wochenend-Kolonie geschaffen haben.
Sie haben ihre Peitschenlampen mitgebracht
und beleuchten damit Sachzwänge und Realitäten.
Mit vierradgetriebenen Wüstenfahrzeugen
holen sie morgens die Brötchen,
und die Friesenflagge am Fahnenmast
im Vorgarten
(Leewer duad üs Slaaw!)
flattert über kurzgeschorenem Rasen.
Hier ist kein Platz für die bunten Blumen.

Die Bienen umfliegen diese Grundstücke
möglichst weiträumig.

Heidebild

Es ist so still, die Heide liegt
im warmen Mittagssonnenstrahle.
Auch dies so ein Traum,
eigentlich unerfüllbar,
aber dann doch
erstaunlich real
und so leicht zu erreichen.
Für Stunden zwar nur,
aber eben für unvergeßliche Stunden,
die mehr zählen,
als Tage und Wochen
im gleichbleibenden Trott
des städtischen Alltags:
Jene Minuten,
hingestreckt im Heidekraut -
Thymianduft und Duft nach Heidehonig
und das Summen der Bienen.
Der Blick hinauf ins grenzenlose Blau
und der Flug der Schwalben
über die schwarzen Wipfel des Wacholders.
Das Rufen der Möwen:
Der silbern gleißende Streifen im Westen
ist ja schon die See...
Schlafen, träumen,
eingehüllt in Vogelsang
und Bienengesumm,
in Kräuterduft
und wohlig warmen Wind.
Und von weit, von sehr weit her,
der Schlag der Dorfuhr.
Die Gedanken so endlos entfernt,
wie ihr verwehter Klang:

weit hinaus, weit zurück
schweifen sie in eine versunkene Welt,
in längst schon vergangene Tage.

Theodor Storms kleiner Kosmos
hat sich erhalten,
hinübergerettet
in unsere Gegenwart:
Kein Hauch der aufgeregten Zeit
drang noch in diese Einsamkeit,
in die Stille des winzigen Märchenlandes
im Planquadrat
zwischen der Bundesstraße Fünf
und der Eisenbahnlinie nach Niebüll.

Die bunten Wolken

Eine Wehle im endlosen Grün,
ein goldenes Auge
in der weiten Landschaft.
Ein Spiegel der Farben des Himmels,
des oft gemalten, bunten Wolkenhimmels,
der so groß ist und so weit,
in rastlosem Wechsel begriffen;
denn der Wind weht
und zaust das Gras
und wirbelt die bunten Wolken
in fantastischem Tanz durcheinander.

Und ein Abbild der Wolken sind die Schafe,
die dickflauschig und weich
die Linie des Deiches bevölkern
und die, satt vom fetten, grünen Gras,
still mampfend in einer Kuhle kauern
und dem stahlharten Westwind
nur ein Stück wattezausigen Rückens bieten
unter dem klaren,
unendlich blauen Sommerhimmel
mit seinen bunten Wolken
und den anmutigen, weißen Vögeln.

Der Regenbogen

Der schwere Regenvorhang
ist mit der schwarzen Wolke nach Osten gezogen,
und im Westen
hat der ungeduldige Seewind
der sinkenden Sonne
ein Guckloch ins Gewölk gerissen.

Da kommen die Kinder
aus den Häusern gerannt,
und selbst die ernsten Erwachsenen
schauen hinauf,
und ein Lächeln stiehlt sich
in ihre Sorgen hinein.

Da ist der Regenbogen!
Und er ist so bunt,
wie wir ihn als Kinder malten
und viel leuchtender noch und viel klarer;
eine strahlende Brücke aus farbigem Glas
vor der Finsternis des schwarzen Himmels,
hoch über den windgebeugten Bäumen
und über dem regenfunkelnden Wiesengrün.

Der Vater hebt sein Kindchen hoch
und sagt zärtlich:
„Mein kleiner Blondkopf,
merk Dir gut die Stelle,
wo der Regenbogen in die Erde taucht!
Dort liegt ein dicker Topf mit Gold begraben,
und eines Tages werden wir beide ihn holen!"
Das Kindchen jauchzt;
es wirft seine Ärmchen in die Höhe.

Der Vater lächelt,
er hat seinen Schatz ja bereits gehoben:
Und er beugt sich behutsam
über sein staunendes Kind,
in dessen großen Augen
der Regenbogen schimmert.

Peter Pan

Ich werde zwar alt,
doch niemals erwachsen.
Verlaßt mich nicht,
meine flackernden Träume!
Laßt niemals meine Seele erlöschen!
Meine flackernden Träume,
verlaßt mich nicht!
Erwachsen will ich nicht werden;
und alt - - - alt? - - -
Denn ich bin Peter Pan.

Mädchen im Strandkorb

Es war so heiß heute auf der Insel,
und Du stehst im lauen Abendwind
auf dem Anleger von Steenodde.
Das Meer atmet ruhig in der Dunkelheit,
und die Lichter von Wittdün flimmern herüber.
Ihre goldenen Reflexe tanzen auf dem Wasser,
und Erinnerung kommt,
Erinnerung an einen Abend wie diesen,
fern von hier, am Schwarzen Meer.
An das Schwarze Meer mußt Du denken,
an das Mädchen im gelben Kleid
und an seine weichen, dunklen Locken.

Der Abend im Strandkorb:
Das Wasser gluckst leise im Silber des Vollmonds,
und es wirft seine zitternden Lichter
hinein zu Euch
in die heimliche Dämmerung.
Boote mit bunten Laternen
gleiten langsam vorüber;
vom Strandpavillon weht Musik,
und die Wellen schmiegen sich
unter den schmeichelnden Wind.

Ihr sitzt ganz dicht beieinander
und haltet euch fest.
Du betrachtest das Mädchen,
seine zärtliche Gestalt,
die vom Silber des Mondes umflossen ist.

Du atmest ihren Duft
und bist ihr so nah...
Ihr nehmt Euch in die Arme
und wiegt Euch zur Melodie
des schlafenden Meeres,
selbstvergessen und träumend.

Wie viele von diesen silbernen Stunden
gibt es im Leben des Menschen?
Die See atmet träge,
der Mond taucht in schwülen Wolkendunst.
Die Zeit
steht still.

Der Traum von Amrum

Sand rieselt
aus dem leeren Haus
der Wellhornschnecke.
Und er bringt einen Duft mit
nach Salz und nach Tang
und die Erinnerung
an wehende Gräser im Inselwind,
an das Stieben des Sandes
und die silbernen Wogen
am glitzernden Strand.
All die bunten Bilder
zum Rauschen des Meeres:

Leuchtendes Dünengold im Abendschein,
das Wehen des Windes,
des allgegenwärtigen Windes.
Über dem warmen, weißen Sand
liebkost er den Strandhafer.

Und wenn sich ein Gewitter erhebt
in der Farbenpracht des hohen Himmels,
dann erglüht das Grün der Insel
hell wie Smaragd
im zerissenen Sonnenlicht,
und im steigenden Wasser
spiegeln sich bunte Wolken.

Leuchtendes Dünengold im Abendschein.
Im Strandhafer wuselt der Wind
und verweht den weißen Sand.
Jauchzend vor Lebensfreude
lassen sich weiße Möwen
über die Dünen tragen.

Sand rieselt aus dem leeren Haus
der Wellhornschnecke,
und er bringt die Erinnerung mit:
wie hoch der gläserne Himmel war
und wie köstlich der Geschmack des Windes.
Die Erinnerung an die dunklen Tage im Winter
und an den dampfenden Grog,
an das Brüllen des Sturms,
an das Tosen der Brandung
und an die Geborgenheit im kleinen Haus
gleich hinter den Dünen.
Die Erinnerung an die heißen Sommertage,
an den flirrenden Sand
und die weißschäumende Brandung,
an das vollkommene Glücksgefühl,
sich in den kühlen Fluten
treiben zu lassen
und den großen, weißen Sommerwolken
hinterherzuträumen.
Dann das Aufwärmen im heißen Sand,
das wohlige Völlig-Eins-Sein
mit der Natur
und mit der Schöpfung.
Und die kurzen, hellen Nächte
des Nordsommers.
Die Stimmen der Vögel draußen im Watt,
die Stimmen der Vögel
und das Rauschen der See.
Sand rieselt aus dem leeren Haus:
Und die Erinnerung
an die Traumzeit der Insel,
an das sagenumwobene
Skalnas-Tal,
an die Menschen,

die vor Jahrtausenden hier lebten.
Und später dann:
die Walfang-Kapitäne,
die Likedeeler,
die Strandpiraten
und das kurze, harte Leben
im kargen Sand.

Die Grabsteine
bei der weißen Kirche von Nebel:
Die Segelschiffe,
die mit geblähten Flügeln
ins Land der Toten segeln,
in die Vergessenheit:
Und droben gleiten
die glücklichen Zeiten,
die Schiffe, die Sterne,
die silberne Ferne.

Feuerstein

Alles Ding hat seine Zeit,
so steht es geschrieben.
Steine sammeln hat seine Zeit -
und Steine zerstreuen.

Der Wind rauscht in den Bäumen,
dunkle Wolken ziehen,
und meine Seele möchte mit;
sie ist verdüstert wie die Wolken -
wenn sie doch auch so frei wäre!

Doch ich habe Steine gesammelt
auf meine Seele
und da drücken sie sehr schwer:
So kann man nicht fliegen!

Und als ich so traurig war
auf meinen endlosen Wanderungen
entlang der einsamen Strände,
an der Grenzlinie zur Ewigkeit:
Da trösteten mich
das Brausen des Meeres,
das Donnern des Sturmes in meinen Ohren
und das Klagen der Seevögel.
Ich stemmte mich gegen die Wut der Elemente,
atmete den salzigen Wind,
der so sehr nach Tränen schmeckte
und der in langen, unendlich langen Stunden
Trauer und Schmerz hinabwehte
in den Abgrund schwarzen Vergessens.
Von diesen Wanderungen
brachte ich mir Steine mit:
Feuersteine vom Strand der Insel,

die in ihrem Glanz
und in gläserner Farbigkeit
jetzt vor mir auf dem Schreibtisch liegen,
unbewegt, kalt und starr,
kantig, scharf und schwer;
der Erde, der Finsternis entrissen,
vom Wasser erneut dem Elemente Luft geschenkt
und fähig, Feuer zu entfachen!

Der Faustkeil: erste Waffe des Menschen.
Hier im Norden erschlug Kain seinen Bruder
mit einer Klinge aus Feuerstein.
In aller gläsernen Schönheit,
in der bunten Unschuld
ihres kalten Glanzes:
Immer schaut die Verzweiflung
der Steinzeit hervor,
die Bedrohung durch finstere Mächte,
durch Krieg und Gewalt,
durch Hunger und Not.

Ihr schönen, farbigen Feuersteine,
wenn doch endlich eine Zeit anbräche,
wo ich in Euch
nur die bunten Steine noch sehe,
ein fröhliches Bildwerk im Sand,
von spielenden Kindern
lachend zusammengetragen!

Bernstein

An Namibias leuchtenden Stränden
fand ich bunte Edelsteine.
Von der Amrumer Odde brachte ich mir
nur einen Stein mit nach Hause:
unscheinbar fast, honigbraun,
von der Größe einer Kinderfaust.
Wenn man ihn reibt,
dann wird er magnetisch,
wenn man Feuer an ihn legt,
dann wird er zerstört;
ein Stein, der brennt,
ein Bernstein!
Er ist so leicht und fühlt sich warm an:
Nur tauglich zur Anfertigung von Schmuck
und von schönen, unnützen Dingen.
Mit diesem Stein kann man nicht töten,
im Gegenteil:
Um den Hals getragen
wirkt er als Amulett
gegen den bösen Blick
und gegen alle finsteren Geister.
Dämonen wehrt er ab
und Gefahren mannigfacher Art!
Bernsteinketten als Brautschmuck,
zum Erhalt des Glücks,
zur Abwehr von Krankheit und Leid!
Die kleinen Kinder beißen auf Bernstein,
das hilft beim schmerzhaften Zahnen.

Selbst die ägyptischen Fellachin
bedienen sich des Zaubers
der zu Ketten geschnürten
„Russischen Oliven".
Und Rosenkränze sind von Bernstein gemacht,
Gebetsketten von Katholiken
wie von Moslems...

Mein Bernstein ist honigfarben
mit stumpfer Oberfläche
und liegt warm in der Hand.
An einer Seite habe ich ihn abgeschliffen
und glänzend poliert,
so daß aus seinem Innern
ein goldenes Licht hervorsickert.
Wie in einem warm leuchtenden Fenster
zeigt es mir den Körper einer Biene,
der dort eingeschlossen liegt
seit Millionen von Jahren.
Zarte Luftbläschen perlen um ihren Pelz;
die Beinchen sind fest angelegt,
ihre gläsernen Flügel im Tode geschlossen.

Kleines Insekt
in dem goldenen Fenster zur Ewigkeit:
Wie mag deine kurze Spanne Zeit
dahingeflogen sein?
Eine leuchtende Spur
in der Unendlichkeit des Bernsteindschungels...
Du hast Honig gesammelt

von grellfarbigen, seltsamen Blumengewächsen,
Du hast Dein eifriges, kleines Leben verbracht
auf der Suche nach Nahrung
für Dich und die Deinen.
Haben Deine dunklen Facettenaugen
die riesenhaften Umrisse
der Dinosaurier widerspiegelt,
deren bedrohliche Schatten
die Sonne verdunkelten?
Oder hast Du nur freundliche Falter gesehen,
die in ihrer Farbenpracht
mit den mächtigen Blüten wetteiferten?

Und als das duftende Baumharz
Dich gefangen hielt,
als Deine Bewegungen mühsamer wurden
und Dein Atem langsamer,
da hat doch über Dir
eine gewaltige Sonne geschienen,
und ihre unendliche Kraft
strahlte in Dein verlöschendes Leben hinein.

Jahrtausende gingen ins Land,
Jahrmillionen vergingen
und mit ihnen
der Bernsteinwald.
Kälte, Eis und Finsternis
hielten das Land gefangen,
tausende von Jahren hindurch.

Und das Eis zerrann
unter den leuchtenden Strahlen
der ewig-alten Sonne,
die Erde gab die Baumreste frei,
und das gewaltige Meer
spülte den Bernstein fort.

In den stürmischen Nächten
der grauen Vorzeit
haben die Alten
noch den Wassermann gesehen
und seine schimmernde Krone
aus goldenem Bernstein,
die aus der Tiefe heraufleuchtete,
so wie jetzt die fernen Sonnentage
einer längst vergangen Vorzeit
zu mir heraufleuchten
aus dem goldenen Fenster meines Bernsteins,
aus dem kleinen Kosmos
in meiner Hand.

Sommertag in der Marsch

Sommertag hell und klar,
Land bunt wie Edelstein,
Felder gelb, Gras sehr grün,
Wolken so weiß
ziehen darüber hin.

Im Reetdachhaus an der See,
unter dem Lindenbaum,
sitzt Du im Sonnenschein,
träumst einen Kindertraum.

Prächtiger Sommertag
unter dem Lindenbaum!
Goldene Dämmerung
jenseits von Zeit und Raum!

Und tiefer Frieden zieht
Dir in Dein Herz hinein,
jubelnd wie Lerchenlied,
strahlend wie Sonnenschein.

Dorfstraße am Abend

Oh, diese Sommerabende!
Weiche, unvergeßliche Stunden
des langen, unmerklichen Übergangs
eines leuchtenden Tages
in die helle Sommernacht des Nordens.
Weiße Nächte,
erfüllt von den Stimmen
der Wasservögel!
Abendspiele der Mauersegler:
winzige, schwarze Sicheln in reißendem Flug,
das Kreischen im Überschwang
ihres kleinen Lebens.
Darüber:
Der leuchtende Streif eines Flugzeugs,
funkelnder Silberkomet
im kristallenen Äther.
Dort oben scheint noch immer die Sonne!

Und hier unten,
an der staubigen, weißen Dorfstraße,
wühlt der Sommerwind längst nicht mehr
in den dichtbelaubten Kronen der Bäume.
Er ist eingeschlafen,
und einfallendes Dämmerlicht
verschattet das Grün der Blätter
zu schwarzen Scherenschnitten
vor einem hellen Himmel.
Im Westen ist er golden und rot,
darüber mit einer Spur Purpur.
Und im Osten schwebt schon
die silberne Scheibe
mit den dunklen Flecken:
Der Mann im Mond schleppt dort

sein Reisigbündel.
Und die Märchen der Welt
erwachen zu dieser Stunde
und ihre bunten, wunderbaren Geschichten.

Die Häuser atmen
aus weit geöffneten Fenstern
den kühlen Nachthauch.
Weiße Gardinen
blähen bauchig in der sanften Luft.
Hinter der Stalltür
das behagliche Brummen der Kühe,
das leise Klirren der Ketten.
Und irgendwo scheppert ein Eimer.

Irgendwo fällt eine Tür ins Schloß,
ein Schlüssel wird umgedreht:
Der Bauer geht schlafen.
Irgendwo wird noch gelacht,
das sind die Sommergäste
dahinten im Garten.
Und es duftet leise
nach Bratwürstchen.

Noch einmal zerreißt
das Rattern eines Treckers
die Stille, die über der Dorfstraße liegt.
Dieselgeruch bleibt zurück,
vermischt mit dem Duft
der gebratenen Würstchen.

Am Gartenzaun
die weißen Kelche der Trichterwinden;
Kolibrigleich über ihnen
das Geschwirr der Nachtschmetterlinge.

Auch die Bienen sind schlafen gegangen.
Längst heimgekehrt in ihre hölzerne Behausung,
sitzen sie in dunklen Klumpen.
Mit den Flügeln
fächeln sie sich Kühlung zu,
summen sich sanft in den Schlaf,
träumen den goldenen Sommertraum
von Farbe und Duft der Blumen,
den uralten Lebenstraum
der kleinen Insekten,
den Traum von Sonne und Licht.

Abendwind

Im seidenwarmen Wind von Süd
klingt hell und süß ein Amsellied,
das zu der goldnen Wolke zieht,
die fern in West am Himmel steht
und still in lauer Nacht vergeht.

Die schlafenden Gärten träumen,
umfangen vom Duft des Jasmin.
Hoch über den wispernden Bäumen
hört man die Nachtvögel ziehn.
Weit hinter dem dunklen Deich
atmet die Nordsee leise;
der Windhauch flüstert so weich,
er singt seine Abendweise.
Und schwarz in schläfriger Stille
strömen die Wasser ganz sacht.
Das verlorene Lied einer Grille
verklingt in der sinkenden Nacht.
Unter den kreisenden Sternen
treiben Gedanken heran,
das Herz reist in silberne Fernen,
in denen es ausruhen kann.

Im Abendwind das Amsellied,
das zu der goldnen Wolke zieht,
die fern in West am Himmel steht
und still in lauer Nacht vergeht.

Die weißen Nächte

Mondnacht mit milchigen Wolken,
Silberglanz über der schimmernden See.
Lauwarme Sommerluft
um den Holunderbusch;
duftige Nachtluft, durchflossen vom Licht,
vom Lichte des Mondes in silbernen Strahlen,
das sich in Blüten und Wasserdunst bricht.

Seufzer des träumenden Windes,
Atmen des Meers hinterm Deich.
Zärtlicher Sommerduft
streichelt den Hollerbusch,
umschmeichelt die Kronen der schlafenden Bäume,
die Kronen der Bäume im wispernden Laub,
und Vogelflug rauscht durch die Träume:

Nach Norden zum helleren Himmel,
denn dort ist es jetzt immer Tag!
Dunkelheit flieht vor Licht,
Angst kennt man dort nicht.
Die Engel des Lebens, sie wurden befreit,
und im seligen Tanz bunter Fröhlichkeit
vergißt man das Leid und die Sterblichkeit.

Das Glück im Winkel

Es steht ein Haus, das „Glück im Winkel",
ganz hart am Meer, gleich hinterm Deich,
allein, bescheiden, ohne Dünkel
und doch ein kleines Königreich.

Ein Rosenstock blüht an der Mauer
und Schwalben fliegen aus und ein.
Nach Sturm und schwarzem Regenschauer
erglüht es rot im Sonnenschein.

Im moosig-grünen Strohdach funkeln
die Wassertropfen wie Smaragd.
Die Mauern leuchten noch im Dunkeln,
wenn Nachtwind schwarze Wolken jagt.

Und Du schaust´s an mit halbem Trauern,
mit sehnsuchtsvollem Neid im Blick
und hoffst doch, daß hier überdauern
und wachsen können Freud und Glück.

Döntjes vertellen

Biegebeugelbottelbeer
schmeckt nach mehr!
Beim Bienenhause auf der Bank,
unter blühenden Rosen im Sonnenschein,
da zogen wir uns manchen Trank
aus den braunen Bottels in die Körper hinein!
Und die Sonne brannte
überm Rosenduft,
und das Herz entflammte
in der Sommerluft.
Und wir sprachen von Schiffen
und von rauher See,
von den gefährlichen Riffen
beim Cap Aloha Ahé -
Und wieder knallte der Schnappverschluß
und es zischte das Bier durch die Kehlen,
und dann - mit Verlaub - ein Bäuerchen,
fast schon dem Großgrundbesitz zuzuzählen!
Und dann: weiter vertellen
von Fischfang und Meer
und von Jagd und vom Boot
und dann:
Schweigen
und zuhörn den Möwen in blauer Luft,
dem Bienengesumm im Sommerduft.
Beim Wühlen des Windes
im Laub der Bäume
den Gedanken nachhängen,
den Schwestern der Träume.

Und dann wieder: ein „Plopp!"
und ein „Prost" und ein Schluck
und ein Klagen:
Klar, Biegebeugelbottelbeer
schmeckt zwar nach mehr,
doch es schlägt stark auf Blase und Magen!

Lockende Horizonte

Das war in jenen Zeiten
als man noch dicke Zigarren rauchen durfte
ohne von irgendeinem Ministerium
verwarnt zu werden.
Und wir saßen in der verräucherten Kneipe,
irgendwie war es unten im Keller,
denn ich erinnere mich noch an eine Treppe,
die zu ersteigen mir gegen Morgen dann sehr
schwerfiel...
Wir saßen jedenfalls und rauchten
dicke Cohibas, Schmuggelware aus Cuba.
Und die Luft war entsprechend dick; wer neu hereinkam, mußte erst ein Stück aus ihr herausnehmen, um zu sehen, was überhaupt anlag. Nebenbei bemerkt: Die Cohiba ist so ziemlich die beste Zigarre, die ich jemals geraucht habe. Wir saßen also und rauchten Cohibas. Aber das Kreiseln im Kopf und der pelzige Geschmack auf der Zunge rührten nicht von den Zigarren her; wie gesagt, die waren erstklassig. Nein, es muß wohl am Bier gelegen haben oder am Klaren, oder an beidem zusammen. Und der viele Rauch in der Luft, die braungebeizten Möbel, das alte Steuerrad an der Wand, der ausgestopfte Schwertfisch, der bedrohlich über unseren Köpfen durch den Dunst schwankte; die Stimmen der Seeleute, Gesangesfetzen, Gegröle - und ein alter Däne versuchte beharrlich, mir seinen Schlips zu verkaufen. Jedenfalls war es die ideale Umgebung für unser Garn, das sich von den grauen Nordseefluten sehr schnell in wärmere Gewässer spülen ließ, in blaue, lockende Fernen unter der goldenen Sonne des Südens, zu den knisternden Palmen an Jamaikas Stränden, zu den Nächten unter Amazoniens Himmel...

Wir erzählten und tranken,
und wir rauchten die guten Cohibas,
und in ihrem blauen Dunst
entfaltete sich Cubas nächtlicher Zauber.
Seemann, weißt Du, wie schön das war,
nachts im warmen Sand zu liegen
unter den großen Sternen des Südens
im heißen Wind unter raschelnden Palmen.
Und der Rum und die Mädchen
und diese Zigarren...
Seemann, erzähl ein anderes Garn!

Da beginnt er zu schlucken,
ganz gebrochen vor Rührung
und vor Sehnsucht nach dem Mädchen
im roten Kleid,
damals am Bosporus,
in Yeniköy.
Denn dort war das hölzerne Haus
mit dem großen, verwilderten Park.
Auf den bröckelnden Marmorstufen
sahen wir den Schiffen zu
und ihren bunten Lichtern,
und wir aßen Granatäpfel.
Orientalisches Mondlicht
sickerte weiß durch die Zypressen.
Das Wasser gluckste, die Schiffe riefen,
der Nachtwind streifte wie verloren
durch die Gärten -
und diese kühle, trockene Mädchenhand!

Komm, jetzt wird es zu romantisch;
laß uns vom Sandsturm in der Sahara erzählen,
vom Brennen der tropischen Sterne,
vom Rauschen der Fluten des Kongo!

Warum sitzen wir jetzt nicht
am großen Feuer
irgendwo da unten in Afrika?
Warum folgen unsere Augen nicht
den Funken seiner Glut,
die in den Himmel stieben,
in diesen afrikanischen Himmel,
der so schwarz ist und so still!
Die Vorfreude im Herzen
auf das großen TAM TAM,
das heute zur Vollmondnacht
im Busch getrommelt wird,
auf den Wirbel der schwarzen Gestalten
und ihre geschmeidigen Bewegungen,
auf den schwarzen Wald
und auf seine großen Nachtschmetterlinge,
die vor der gelben Scheibe
des afrikanischen Mondes tanzen...

Seemann, das Garn ist zuende,
die Zigarren sind kalt;
der Mund ist mit alten Bierdeckeln ausgekleistert.
Dann noch die lange, steile Treppe nach oben,
und der Weg zum Hafen,
irgendwie.
Und das Schiff,
unser Schiff,
das so geduldig wartet:
Um sechs Uhr fünfzehn laufen wir aus
zu den Inseln -
und dann, gegen Mittag, wieder zurück!

Das Seegarn vom Albatros

Tag und Nacht flog der große Vogel
vor uns her durch das Eis;
und das Schiff glitt schweigend
durch dunkle Schlünde
zwischen dem ragenden Weiß,
und es war eingehüllt
in seinen gläsernen Panzer
aus eisigem Blau.
An den Masten das Flackern
unheimlicher Lichter:
Sankt Elmos Feuer...
Die Stille ringsum war entsetzlich,
kaum einmal ein Plätschern,
ein Knacken und Singen im Eis.
Die Matrosen grölten vor Angst
ihre alten Lieder,
schleuderten sie in das Schweigen hinaus,
in die eiskalte Finsternis.
Und über uns der Vogel:
Ohne Flügelschlag
schwebte er vor uns her,
beleuchtet vom blauen Flackern
des Elmsfeuers.
Durch die schaurige Schlucht schwebte er,
durch den Tag und die Nacht...

Und am fünften Tage
erreichten wir die freie See.
Der Eispanzer um unser Schiff
zerschmolz unter den Strahlen
einer seltsamen Sonne.
Die Segel begannen sich bald zu blähen,
und wir nahmen neuen Kurs,

warmen Gewässern entgegen.

Der Albatros aber kehrte um
und flog zurück in sein eisiges Reich
aus Kälte und Dunkelheit.
Noch lange hörten wir sein Rufen,
bis sein Schrei im Dämmerlicht verklang.

Treibholz

Nächte voller Sterne,
Tage im Sonnenglanz
und die langen Wanderungen
entlang des silbernen Spülsaums:
Muscheln und Schnecken,
Blasentang, Rocheneier, tote Quallen
und die schöne Feder
eines Austernfischers.

Vielleicht sogar ein Bröckchen Bernstein,
aus dem eine längst versunkene Vorzeit glimmt.
Und immer wieder:
Klumpen von Teer,
die widerliche, tödliche Gefahr
für alles Leben.
Alte Eimer, Spülmittelflaschen,
Plastikmüll, der nie vergeht
und den die Nordsee hier am Strand erbricht.
Ein dicker Tampen aus Manilahanf:
So etwas hinge man sich gern
als Handlauf an die Treppe
zur Kellerbar:
wenn da nur die ekelhafte Ölschmiere
nicht wäre!

Und Holz, sehr viel Holz.
Früher, da lag es nicht lange im Sand,
als man es dringend brauchte,
um seine Stube warm zu heizen.
Doch heute bleibt es liegen
im wüsten Durcheinander
mit all dem Plastikdreck:
bis im Februar die Biakefeuer brennen.

Holz von fremden Schiffen,
unprosaische Europaletten,
Unterlegkeile, Kanthölzer,
aber auch schon mal
ein Mahagonistamm.

Und einmal eine Planke
wie aus einem Piratenfilm -
vom Alter zerfressen,
durchsetzt von den Gängen der Bohrmuschel;
eine Planke wohl aus südlichen Meeren.
Unter silbergrauer Patina
Reste einer Inschrift:
„"...na of Jamaica"
und alle Träume
die an so etwas haften...

Ein Stern versinkt in der schwarzen See,
ein Schiff zerbricht,
und seine Männer treiben hinaus in die Finsternis
für lange, lange Zeit.
Und manchmal,
an einem traurigen Tag,
wird einer von ihnen an Land gespült
als ein Treibgut des Todes.

Auf dem Friedhof bei der Mühle
ruhen sie aus von unsteter Fahrt.
Unter ihren Kreuzen ohne Namen
liegen sie gleichmütig nebeneinander
und dämmern der Ewigkeit entgegen.
Unter den Nächten voller Sterne,
unter den Tagen im Sonnenglanz,
eingehüllt in den Mantel des Schweigens
und der Vergessenheit.

Die Nacht am Wrack

Stimmen überall
und umherirrende Lichter
an Land und auf See.
Das Feuer gibt keine Sicherheit,
es leuchtet verräterisch,
und Augen sind überall.

Durch das Branden des Meeres
metallene Schläge aus dem Wrack!
Dort geht es um:
Geheimnisvolles Leben an Bord
im Schutze der finsteren Nacht
unter schwarzem Gewölk!

Im Tosen der Brandung
das Geheul des Nachtwindes
in der Schiffstakelung.
Das metallene Klopfen, das Heulen
und die Stimmen der Finsternis.
Stimmen überall
und umherirrende Lichter...

Seespuk

Durch den schwarzen Wald
führt ein schmaler Weg.
Wie reines Silber leuchtet er im Mondlicht.
Die dunklen Schatten der Zweige
tanzen auf ihm einen unheimlichen Tanz.

Der silberne Weg
führt durch die Finsternis des Inselwaldes
an das nächtliche Meer,
das unruhig atmet,
unruhig und ungewiß.
Und die glänzenden Rücken seiner Wogen
wälzen sich, gewaltigen Walfischen gleich,
an den Strand,
an den Strand...

Das Meer atmet laut,
unruhig und ungewiß,
und in sein unruhiges Rauschen dringt
etwas Befremdliches.
Eiseskälte schlägt Dir entgegen.
Vergessene Stimmen murmeln,
längst begrabene Gesichter tauchen auf,
reden mit stummen Lippen
und sehen Dich aus toten Augen an.

Du stehst wie gebannt
im ungewissen Dämmerlicht des Mondes.
Dein Haar sträubt sich im Nacken.
Stummes Entsetzen, eiskalt!
Aber da:
Im Dorf kräht der erste Hahn.
Die Toten zerfließen zu Nebel,

der weiß um das Heidekraut weht.
Ihr Geflüster wird zum Rascheln des Windes
im Strandhafer;
zum Rauschen der Kiefernbäumchen
wird das Geraune ihrer Stimmen.

Über die Dünen kommt allmählich der Tag.
Kommt mit Möwenruf
und Seeschwalbenschrei,
mit dem Wehen des Frühwindes
und mit dem Knarren der Äste im Inselwald.
Die Sterne erbleichen
vor dem Morgenrot über dem Wattenmeer,
und der Mond erblaßt
vor dem goldenen Licht,
das strahlend
die Mächte der Finsternis
besiegt.

Der Leuchtturm

Licht in der Finsternis,
Fels in der Brandung,
Hoffnung für die Verlorenen
und abgegriffene Metapher:
Den alten Leuchtturm stört´s wenig;
selbst seine Vermarktung zu einer Bierreklame
und für Eintopf-Suppen nimmt er gelassen hin.
Es könnte schließlich weitaus schlimmer kommen
bei seinem enormen Symbolgehalt...

Ach, Uwe, und Du hättest einen
so prächtigen Leuchtturmwärter abgegeben,
wenn Du alt geworden wärest!
Alle diese durchwachten
und durchlachten Nächte
hätten auf Deinem Leuchtturm stattgefunden.
Deine unerschöpflichen Erzählungen:
von den Schweißarbeiten
im Präservativ-Lager
des einschlägigen Großversandes;
die Geschichte von Icke auf der Werft
und wie er ein Rohr verlegt hat;
der Punker als Lehrling
und wie peinlich das alles war -
Mann, wir lagen vor Lachen auf dem Boden!
Und all die vielen bunten Bilder
von der See und von der Kante,
von ihren Menschen in Sonne und Wind!
Ich stelle mir vor,

daß unser Gelächter von damals
wie eine heitere Wolke
durch Zeit und Raum zieht...
und jeder, den diese Wolke umhüllt,
müßte doch eigentlich
ganz unbeschreiblich fröhlich werden!

Ach, Du wärest ein guter
Leuchtturmwärter geworden!
Aber auf einem dicken, rot-weiß geringelten Turm,
einer Mischung aus Alte Weser,
aus Amrum- und Westerhever-Feuer,
nicht auf einem dieser seelenlosen Gestelle,
von osterhasengesichtigen Beamten
in stickiger Stube am Reißbrett entworfen
und die computergesteuert
und vollautomatisch Dienst tun...

Aber heute ist das eine andere Zeit geworden,
eine tote Zeit, unmenschlich:
die keinen Platz mehr hat
für die warme Stube eines Leuchtturmwärters
mit Punsch und Tabaksqualm
und mit unendlichen Geschichten!
Hat sie denn überhaupt noch Platz
für uns Menschen?
Kein Platz ist mehr für Fahrensleute,
kein Platz für Leuchtturmwärter
und keine Zeit für Kinder!
Und eines nicht mehr so fernen Tages
werden die Osterhasengesichter,

diese halslosen Ungeheuer,
die gesamte Menschheit
einfach weg-ratio-
nali-siert
haben,
schlanker gemacht,
wie es auf Neudeutsch heißt,
abgeschoben in den Entsorgungspark...

Wie tröstlich,
daß wenigstens der dicke Leuchtturm bleibt
und die Erinnerung an Uwes Lachen!

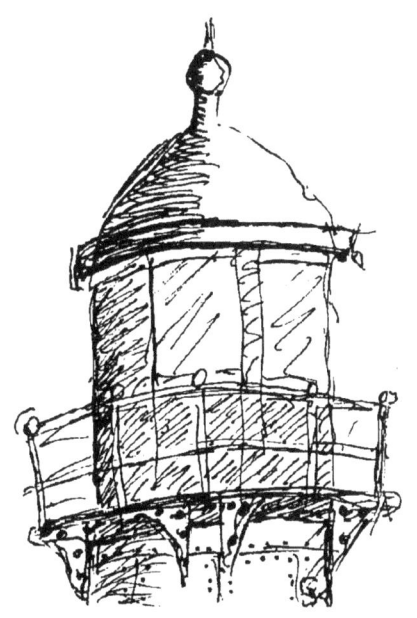

Der Himmel über dem Wattenmeer

Liebende werden einander ähnlich, so sagt man.
Wenn das so ist, dann liebt der Himmel
mehr als alles sonst: das Wattenmeer.

Denn gerade heute zeigt er sich
als ein getreues Ebenbild
der weiten, feuchten Glitzerflächen;
fast scheint es so,
als seien die Rippelmarken
in schwarzem Schlick und gelbem Sand
schwerelos geworden.
Leicht und losgelöst vom dunklen Schlamm
steigen sie empor, weit hinauf
in die stählerne Bläue des Nachmittages
und werden dort oben
zu weiß gefiederten Streifen,
zu luftigen Rippelmarken des Himmels:
ein Spiegelbild des tief unter ihnen schimmernden
silberschwarzen Wattenmeers.

Und abends dann die sinkende Sonne!
Sie taucht Bild und Spiegelbild
in ihr gleißendes Licht,
überflutet die Wolkenstreifen
mit rotem Märchengold,
das sich über die glitzernde Weite ergießt
und das Wolken und Watten verzaubert,
wenn Himmel und Erde sich zu umfangen suchen
in der Umarmung von Geliebten!

Samstagsputz

Zwei Tage tobt schon der Orkan,
natürlich hat er einen Namen:
Ich glaube, Vanessa oder Olga oder so,
wie eine dieser gewalttätigen Damen.

Es ächzt das Gebälk des Dachgestühls,
die Äste der Esche knacken,
der Regen prasselt fast waagerecht
mit Hagel durchsetzt in den Nacken.

Im Heulen des Sturms, in der Finsternis
dieses tosenden, rasenden Tages
und im Ölzeug steht Anne ungebeugt
auf der Leiter mit flatternden Haaren.

Der Sturm reißt den Eimer ihr fast aus der Hand,
fest umkrampft hält sie Schrubber und Lappen,
und die Fenster des Kuhstalls blitzen schon schön:
Samstags ist Putztag, selbst bei Windstärke Zehn!

Marienkäfer im Ostwind

Hochdruckwetterlage -
seit Tagen weht es aus Nordost,
und die Sommergäste
braten im Windschutz der Badehäuschen
vor dem Deich bei Dagebüll.
Frohes Lachen aus der Rettungsschwimmerbude,
wüste Geschichten werden erzählt
- Bademeistergarn -
und die Bikinimädchen kichern
auf dem Handtuch liegend,
das heiße Sonnenlicht auf dem Rücken
und die wunderbaren Gedanken...
Gestreichelt vom warmen Wind,
der über reifende Kornfelder gekommen ist,
gestreichelt vom wunderbar warmen Wind,
der hinüberweht zu den Inseln.
Das wohlige Weichsein,
der Duft des sonnenwarmen Windes,
das Plätschern des Wassers
und weit dahinten auf dem Meer
der Dampfer, der langsam größer wird,
das weiße Schiff mit dem dunklen Namen:
UTHLANDE.
Das wohlige Streicheln des Windes
auf sonnenwarmer Haut,
das Dösen im kurzen Gras.
Und dann die kleinen Insekten,
die siebengepunkteten!
Marienkäfer!
Wie niedlich! Und so viele!
Und es werden immer mehr!
Der Wind treibt sie heran aus Nordost,
von Polen, von Dänemark

wer weiß, woher.
Wie runde, rote Hagelkörner regnen sie zu Boden.
Die Handtücher sind voll von ihnen.
Die hinter dem Deich geparkten Autos,
besonders die bunten,
sind überzogen
von einer lebenden, krabbelnden Haut.
Und sie krabbeln auch über die Mädchen.
Wer hätte das gedacht:
Marienkäfer können beißen.
Es zwickt ganz fatal
mitten in die süßesten Träume hinein,
und handtuchschlagend und schimpfend
verlassen die Mädchen den Strand.
Nur die Käferchen können nicht zurück:
Der heftige Wind trägt sie hinaus auf die See,
die glücklicheren zu den Inseln,
die anderen sinken ins Wasser,
erschöpft irgendwo dort draußen,
und die See
spült ihre kleinen Körper an Land.
Ein dunkles Band,
ein roter Spülsaum des Todes,
der die Sommerseligkeit umflort.

Undine

Oft geträumtes Bild:
Wenn mit Angst und Sorge im Herzen
ich mich übers Wasser beugte
und hinabsah in gläserne Dämmerung,
in unvorstellbare Tiefen,
dann hoffte ich auf Dich:
Zwischen wehendem Tang
und fließenden Algen
sah ich Dein goldenes Haar
in der durchsichtigen Dunkelheit leuchten.
Ein wehendes Gelb in fließendem Grün.
Und ich stand und wartete
und hoffte so sehr,
Dein liebes Mädchengesicht
aus dem Wasser tauchen zu sehen,
den weißen, weichen Mädchenleib.
Und feuchte Arme hätten mich umschlungen,
und ich wäre mit Dir gesunken
in grüngoldene Finsternis.
Und dort unten
hätte ich vielleicht
Ruhe gefunden.

Die Farben von Seebüll

Unter weitem Himmel
die vom Winde leergefegte Landschaft,
allem Berauschenden, Üppigen fern.
Aber sie gibt dem empfindsamen Betrachter
für seine Liebe zu ihr
unendlich viel an stiller, inniger Schönheit,
an herber Größe
und auch an stürmisch wildem Leben.

Das frische, helle Grün!
Das Wasser in den Gräben
blinkert und blitzt
wie die blankgeputzten Fensterscheiben
der Häuser in der weiten Marsch,
die neugierig zu mir heraufschauen.

Denn ich liege im Lee des Deiches
und denke mir ein Lied aus
in bunten Farben:
Ein Lied von Sonne, Wind und Sand
- golden und gläsern funkelnd,
ein Lied von dem unendlichen Meer
- kobaldblau und silberweiß,
ein Lied vom unaufhörlichen Spiel der Wolken
- graublau, blauschwarz,
ein Lied von dem Kreischen der Möwen
- hellgelb und grellrot,
ein Lied von der Weite,
von der befreienden Leere des Landes,
flaschenscherbengrün mit Goldrand...
Und die Abende in dunklem Purpur,
in Schwefelgelb und in loderndem Rot!

Wenn ich die Augen schließe,
dann leuchtet da tief in mir
die Farbe der Rosen,
der helle Gesang der Sommerblumen.
Und die Stille ist da
und das Glück,
alle diese bunten Klänge
auf meiner Palette zu finden,
und meine große Sehnsucht
und alle die ungemalten Bilder...

Der goldene Eichenbaum

Der Tag war so still,
die beiden schwarzen Schwäne
glitten langsam
zwischen den Seerosen dahin.
Die Luft war so mild,
und Schmetterlinge tanzten über dem Teich.
Und über alle dem
breitete der Eichenbaum
seine schattige Krone,
aus deren tiefem Dämmer
es wie von Golde glänzte
unter den Strahlen
einer müden Spätsommersonne.
Silberfäden segelten
durch den weichen Äther;
Altweibersommer,
und alles so still!

Wenn da irgendwo noch Heimat ist,
mein goldener Eichenbaum,
dann ist sie hier, unter Deinem flüsternden Laub!
Wenn es ein Ziel für die Sehnsucht gibt,
dann nach diesem verzauberten Ort
am Rande des Dörfchens
nördlich von Husum...

Wie oft fiel morgens beim Aufwachen
mein erster Blick in dein goldenes Blätterwerk,
und mein erster Gedanke war: Ferien!
Mein Herz jubelte.
Ein Ferienbaum vor dem Fenster,
ein goldener Baum
in den Strahlen der aufgehenden Sonne!

Und schwer war mir immer der Abschied
vom kleinen Dorf und vom Eichenbaum.
Trauer umkrampfte mein Herz,
wenn beides im Rückspiegel verschwand...
Und schon entstand neu die Sehnsucht
und steigerte sich zur Vorfreude
und bald: Da war wieder der Baum!

Ich habe ihn immer sehr geliebt
in seinem Sommergold,
im Rauschen seiner Zweige im Herbstessturm,
in seiner schneebedeckten Gestalt...
Im Frühling der erste Star sang stets auf ihm.
Und da haben auch einmal
zwei Menschen ein Herz
in seine Rinde geschnitten.
Das Herz ist vernarbt und borkig verwachsen,
und die beiden Menschen
leben so weit voneinander entfernt,
getrennt durch so viele Stunden
und durch so viele böse Worte...
Ein kleines Mädchen spielt mit seinen Puppen
im Schatten des großen Baumes.
Sanft rauschen seine Blätter,
rauschen Vergessen.
Hütet euch,
ein Kind weinen zu lassen!
Und die Zeit verrinnt,
pumpt blutroten Purpur,
und das Menschenherz wächst,
und oft so allein!
Doch es schlägt unaufhörlich
all die langen Jahre hindurch.
Und während der Eichenbaum
sich kaum verändert

in einem dreiviertel Jahrhundert:
in all den Winterstürmen,
unter dem Frühlingsregen
und in der Sommerhitze
nur unmerklich wächst,
halten die Menschen ihr Leben
für unerschöpflich.
Denn sie können nicht wissen,
wann sie einmal sterben werden.
Und doch geschieht alles in ihrem Leben
nur sehr wenige Male.
Ihre großen Erlebnisse
wiederholen sich nur selten.
Und am Ende war ihr Leben
nicht viel mehr,
als die bunte Musik eines Leierkastens,
manchmal zärtlich süß,
einmal laut, dann wieder sehr leise
und zum Schlusse oft jäh
mit einem Mißklang endend...

Und während der Eichenbaum
in all den frostkrachenden Nächten,

in Schneegestöber, Wind und Regen
und in all dem leuchtenden Sonnengold
sich kaum verändert hat:
Da ist das kleine Mädchen erwachsen geworden;
sie wurde Mutter,
und allmählich blies die Zeit
weißen Puder in ihr Haar,
fast unmerklich wurde sie alt.
Und die Alten, die vor kurzem noch
hier unter dem Baume saßen,
sie sind verschwunden in die Vergangenheit,
hinabgeglitten in das Vergessen.
Auch das Mädchen,
die Frau mit den silbernen Haaren,
wird bald nicht mehr da sein:
Einige Jahre vielleicht noch
stemmt sie ihren gebrechlichen Körper
gegen den Strom der verfließenden Zeit;
einige schöne Sommerabende noch
wird sie unter dem großen Baum verbringen.
Vielleicht tasten ihre alten Hände
verstohlen nach der rissigen Borke
seines ungebeugten Stammes,
nach dem vernarbten Herzen,
und zwischen den goldenen Zweigen
spielt wieder ihre Kinderseele...
Und ein verträumtes Lächeln erscheint,
zum letzten Mal vielleicht,
auf ihren verlöschenden Zügen...

Frühlingsgrün - Sommerglut - Herbstesgold.
Im Schneegestöber dann ein neues Grab.
Und in der Junisonne
ein kleines Mädchen mit seinen Puppen,
das sich schon gar nicht mehr
an seine Großmutter erinnern kann...
Zwischen den Zweigen
flirrt das Sonnengold,
und goldene Kringel
spielen in den Locken des Kindes.
Schmetterlinge und Bienen
und funkelnde Eintagsfliegen
schweben durch den kleinen Kosmos des Baumes.
Ameisen arbeiten ernsthaft und emsig,
Moos wächst in den Achseln der Äste,
die Vögel zwitschern,
und alles ist gut...
Das kleine Mädchen
schmiegt seinen Kopf dicht an die borkige Rinde:
Und es vernimmt die alten Geschichten,
es sieht die längst vergangenen Bilder.
Ernsthaft hört es zu,
wie im Bauch des Baumes der Saft gluckert,
der hinauf zu den Blättern steigt.

Abschied vom Sommer

In der Heide erschreckt mich der Herbst.
Die alte Eiche reckt ihre Äste
in einen felsgrauen Himmel.
Das Braun der umgebrochenen Erde
und das Knistern des kalten Windes
im trockenen Gras, im dürren Kraut.
Einzige bunte Tupfer im graubraunen Feld:
Das Blau der Schlehen
und das Rot der Hagebutten.
Der staubige, weiße Weg
so lang, so still.
Ein Wanderer geht mit müden Schritten
an der einsamen Hütte vorbei,
deren Rauchfahne wie ein Signal
zu den düsteren Wolken weist.
Ganz in der Ferne
das Blubbern eines Traktors.
In der Luft der Schrei der ziehenden Vögel.

Ich neige mich
über die stille Glut meines Feuers
und lasse mich wärmen.
Und für einen Augenblick,
für einen kurzen Moment nur,
taucht das Licht der sinkenden Sonne
das Land in herbstsatte Farben;
weit draußen im Westen
leuchtet hell die See.

Windiger Septemberabend

Die blauschwarze Abendwolke
schleppt einen Regenschleier
über das dunkle Land.
Selbst das kurze Gras des Deiches
bewegt sich in der Gewalt des Windes,
der das silberflirrende Meer überweht.
Draußen im Watt rufen Vögel.
Ihre kleinen, schwarzen Gestalten
trippeln aufgeregt
dem sinkenden Tag hinterdrein.

Du krümmst Dich zusammen
gegen Kälte und Regen
und gegen den Wind, der Dich anspringt.
Verloren in der Weite des Landes,
ein wandernder Punkt
auf der dunklen Linie
zwischen Land und See,
an der Grenze zur Unendlichkeit.

Der heulende Wind, der Regen
aus zerrissenem, schwarzem Gewölk,
von ferne das Toben des Meeres
und Du - allein!

Bis vor Dir, tröstlich fast,
an den Deich hingeduckt,
das Reetdach aufglänzt vor Nässe,

vom jähen Abendschein getroffen.
Rot leuchtet das Ziegelmauerwerk,
und gelbes Licht
sickert aus den Fenstern
des Schimmelreiterkrugs.

Mondnacht über der Geest

Trompete und Orgel
und Licht aus der alten Kirche am Meer,
von Büschen und Bäumen geborgen
in der nächtlichen Heide,
die, von blassem Mondlicht übergossen,
mit ihren alten Gräbermalen
schweigend
in kriechenden Nebeln liegt.

Hüte Dich in solcher Nacht!
Denn das ist die Zeit,
in der aus Wolkenwirbeln
und aus bleichem Mondenschein
die alten Geister zusammenfließen
und ruhelos
ihre vergessenen Reigen tanzen!

Dann ist es ganz still
bis auf das Knistern der Sterne
und das Klappern des Windes
in leeren Mohngehäusen.
Und irgendwo tappt der Werwolf
über das öde Feld,
und glühende Augen lauern
dort unten im Röhricht am See.

Hüte Dich in solcher Nacht!
Denn Dir hilft nicht die Orgel
und nicht das Spiel der Trompeten:
Der Kirchturm ist ein großer Menhir
und steht an uralter, heiliger Stelle...

Die alte Wanduhr

Manchmal bleibe ich noch etwas
vor dem Wiener Regulator stehen,
nachdem ich zum Ende der Woche
seine beiden Messinggewichte aufgezogen habe,
Gehwerk und Schlagwerk mit neuem Leben erfüllt
für weitere sieben Tage
in einer so langen Reihe von Jahren.
Dann streicheln meine Hände sanft
die seidige Politur des altersbraunen Holzes,
folgen den Formen
seiner gedrechselten Erker und Türmchen
und spüren unter der Glätte
die Narben, die Kerben,
die Spuren der Zeit
und die Spuren ihres unermüdlich
nagenden Helfers, des Holzwurms...
Das runde, weiße Emaillegesicht
mit den römischen Ziffern
und dem blanken Messingrand
schaut mir unbeteiligt,
wenn auch nicht unfreundlich, entgegen.
Durch das geheimnisvolle Fenster
an der Seite des dunklen Uhrenkastens
schimmert das goldfarbene Räderwerk
mit seiner aufgewickelten Zeit,
die von den schweren Gewichten
unaufhaltsam hinabgezogen wird
zum schwingenden, blitzenden Pendel,
dieser unerbittlichen Guillotine,
die unaufhörlich und im Takt
Zeit abhackt - Zeit abhackt...
Und das Geräusch der verrinnenden Zeit
verläßt dich nicht dein Leben lang.

Mein kleines Mädchen steht neben mir;
mit staunenden, runden Augen
folgt es der leuchtenden Spur
des schwingenden Pendels,
und es lauscht dem einförmigen Geräusch
dieser Tropfen aus Zeit.
Und seine Augen beginnen zu lachen
bei dem hellen Klang des Stundenschlags,
der durch den Tag
und durch die Nacht hindurch
sein kleines Leben begleitet.

Es war Urgroßvaters Uhr,
in Gulden zahlte er sie einst in Amsterdam,
und in Deutschland gab es damals
noch den Kaiser...
Es war Urgroßvaters Uhr
und er zog sie regelmäßig auf
in den Wintermonaten, wenn er zuhause war.
Sehr sorgsam ging er mit ihr um,
es war seine Uhr, und er hing an ihr.
Und in der Nacht,
als er auf See blieb,
stockte ihr Gang,
und nach einiger Zeit blieb sie stehen.
Und Urgroßmutter wußte bereits alles,
lange bevor die Nachricht kam...
Lebe, mein Kind
und denke nicht an das traurige Ende
deines Urgroßvaters!

Oder doch: denk an ihn,
denn es war seine Uhr!
Und denk auch an die Urgroßmutter,

die ihn nicht lange überlebt hat,
vor Arbeit und Gram zerbrochen.
Vergiß nicht den Großvater,
der im Kriege geblieben ist,
tief in den Weiten Rußlands,
fern von seiner geliebten See:
Maikäfer flieg, der Vater ist im Krieg...
Sing ein Lied, mein Kind
und denk auch an die Großmutter,
die unter dem Bombenschutt Hamburgs
zu Asche wurde:
Die Mutter ist in Pommerland,
Pommerland ist abgebrannt...
Sing dein Maikäferlied, mein Kind,
wenn du zuschaust, wie dein Vater
die Uhr aufzieht,
und freu dich auf die Geborgenheit
in den Armen deiner Mutter,
wenn sie dich nachher
frisch gebadet ins Bettchen bringt.

Und der Schlag der alten Wanduhr
klinge süß durch deine Träume!
Und die Gnade des Himmels
sei und bleibe mit uns
und mit allen traurigen Herzen!

Herbstbild

Er sah nur das Fliehen und Fliegen des Lebens, die Eile auf der Erde, die Flucht des Wolkenschattens, indes am Himmel die Wolke selber nur langsam zieht und die Sonne gar wie ein Gott steht und blickt. Ach, in jedem Herbst fallen auch den Menschen Blätter ab, nur nicht alle.

Auf der Brücke über still spiegelndem Wasser
die goldgefasstenUferränder bestaunen,
das Sonnengeflecht im funkelnden Laub!
Doch ein Augenblick nur
ist Dir vergönnt.
Dann schließt sich Grau in Grau
der Nebelvorhang von neuem
und Du stehst trübsinnig wie zuvor
und schaust aus leeren Augen
auf das rostige Rankenwerk,
auf die matten, nassen Blätter.
UND DU WÜNSCHST DIR,
WEIT FORT ZU SEIN
IN SONNE UND LICHT:
Doch Du bist wie ein Baum,
der aller seiner Blätter beraubt,
ausharren muß
und frieren
und warten,
ob nicht ein neuer Frühling
sie wieder zurückbringt.

Wolkenschatten

Der Weg zerfließt nach links zum Deich
in grüngolden leuchtende Wiesen.
Die wenigen Bäume zerzaust,
in graubraune Farben getaucht;
gedämpftes Herbstgold
unter strahlendem Himmel.
Die Arlau verliert sich aus schilfgesäumtem Ufer
hinein in den Silberglanz des Kooges.
Schwarz ragt eine Hallig aus gleißender Flut,
umbrodelt von Wolkendampf
mit grellen Reflexen.
Sonne und Wind sind überall,
und die Wolken eilen dahin,
ihre Schatten durchstreifen unruhig
die weite Ebene.
Seltsam:
Die leuchtenden, weißen Wolken,
die silberhell schwebenden Lichtgestalten,
schleppen dunkle Schatten über das Land,
so düster, so hoffnungslos!
Das Grün wird zu fahlem Grau,
die fröhlichen Farben erblassen,
und eine große Kälte
fällt über die Erde
und über alle ihre
lebendigen Wesen.

Spuren im Sand

Am Strande von Amrum,
am Anfang der Welt:
Der nasse Sand am Meeresrand.
Im Winde treibt der helle Sand,
in Sonnenglanz und Sternentanz
verweht der Wind den hellen Sand,
verwischt auch alle Spuren ganz.

Hier gingen einst vor langer Zeit
zwei Menschen durch die Einsamkeit.
Im nassen Sand noch lang man fand
der Beiden Spur am Meeresstrand:
Ein großer und ein kleiner Schritt,
sehr nah beisammen lag ihr Tritt.
Und oftmals blieben sie auch stehen
(sehr eindrucksvoll im Sand zu sehen).
Sie standen und umarmten sich,
und um sie her die Zeit verstrich.
Sie hielten enger sich umfangen,
am Strande ist die Zeit vergangen.
Ein leuchtender Tag
verwehte im Glück
und es blieben nur Spuren
im Sande zurück.

Die Menschen sind nun
so lange schon fort,
sie leben getrennt
und einander so fremd
ein jeder in seinem einsamen Ort.
Ihre Spuren hat damals der Nachtwind verweht,
den Rest wusch die Flut in die rauschende See.
Der Wind weiß von nichts mehr,

von nichts weiß die See,
und sehr still ist die leuchtende Wolke,
die einsam im hellen Sonnenlicht schwebt.

Am Strande von Amrum, am Rande der Nacht,
der nasse Sand am Meeresrand.
Im Winde treibt der helle Sand.
In Sonnenglanz und Sternentanz
verweht der Wind den hellen Sand,
verwischt auch alle Spuren ganz.

So schwarz ist der Himmel
am nächtlichen Strand
mit Millionen von funkelnden Sternen.
Doch: Wir schauen nur knapp
über den Tellerrand,
und wir haben noch so viel zu lernen!
Vor der Unzahl der Sterne im endlosen Raum
stehen wir hilflos und klein
und vor allem so schutzlos allein
und so ängstlich wie ein Kind
in bangem Traum:
Nicht Sterne mehr
als eine Handvoll Sand
aus eben dieses Kindes Hand
an Körnern Sand enthalten mag,
erblicken wir am Firmament,
bis morgens dann die Sonne brennt
und unsern wahren Wert erkennt.
Ach, wir sehen so wenig:
In den Weiten des Alls
schuf der Schöpfer mehr Sterne jedenfalls
(oder der Urknall,
wem diese Erklärung mehr liegt)
als es Sandkörner auf der Erde gibt.

Und jede der Milliarden Sonnenwelten
läßt eigene Gesetze gelten.
Doch allen ist schon vorgegeben:
Geborenwerden - Sterben - Leben!
Und so wie einstmals die Spur
im Sande verschwand,
sind irgendwann selbst
die mächtigsten Sonnen verbrannt!

So viele Sonnen, so viele Planeten
und so viel Sternenrauch!
Jeder Planet hat seine Geschichte,
und jeder Mensch hat seine Geschichte auch!
Jeder Mensch hat sein Schicksal,
und kaum einer hat es in eigener Hand.
Dabei ist das Leben so flüchtig,
verweht bald wie Spuren im Sand!

Und doch:
Jedes Sandkorn
und die Spur jedes Lebens wird bleiben
und durch die Tiefen des Raumes treiben
bis an das Ende aller Zeiten!
Durcheinandergewirbelt wohl
und oft auch zermahlen
in den Mühlen des Todes
mit unendlichen Qualen,
zerstört und zerstreut in alle vier Winde:
die Sonnen, die Menschen, die Körner von Sand,
die Tiere, die Blumen, die Bäume im Land
und selbst noch die Spuren
der Menschen am Strand.
Kein Stäubchen fällt aus dieser Welt:
geheimnisvolle Kraft erhält
selbst die Atome der Körner vom Sand,

aus dem einst die Spur
zweier Menschen bestand,
auch wenn sie dann nur noch verborgen sind
in einem fernen Sternenwind.

Wir zwei sind am Strande vom Schlafe erwacht,
wir stehen am Wasser,
am Rande der Nacht.
Und wir schauen zu zweit
in das dunkle Geheimnis der Endlosigkeit:
Die Sterne über uns
und unter uns der Sand,
von Wellen sanft umspielt,
so stehen wir Hand in Hand.
Sie netzen uns die Füße
sehr kühl und auch sehr zart,
verplätschern uns gar zärtlich
die graue Gegenwart
und löschen in uns aus,
was lebenslang wir lernen!
Nur der Atem des Meeres
unter brennenden Sternen
und tief im Himmel
der Sternenwind,
und weit in der Ferne
freut sich ein Kind,
und wir sind da,
am Strand:
WIR SIND!

Am Strande von Amrum, am Ende der Welt,
der nasse Sand am Meeresrand,
im Winde treibt der helle Sand
in Sternenstaub und Silberglanz
vergeht auch dieser letzte Tanz,

verweht der Wind den hellen Sand,
verwischt auch unsere Spuren ganz.

Spökenkieken

Allerheiligen - finsterster Tag im November,
Erinnerung an die Große Flut,
an die vielen Opfer
und an das verlorene Land.
Der düstere Tag stirbt nebelschwer dahin;
kaum, daß es richtig hell wird.
Die Bäume stehen starr,
skeletthafte Schemen in der grauen Dämmerung.
Das Land schläft.
Fern hinter dem Deich atmet die Nordsee.
Im Garten verdorrte Sommerblumen:
„Wenn der Wind darüber hingeht..."
An der Hauswand eine fahle Rose
vergessen vom Winter
und doch auch verlassen vom Sommer
und vom Sonnenlicht
und von all den süßen Düften.
Keine Biene besucht sie mehr,
denn die dunkle Traube der kleinen Insekten
hängt träge im Verließ ihres Winterschlafs.
Langsames Leben im Grenzbereich:
Kälte! - Erstarrung! - Tod?
Und die Spur eines Traumes nur,
eine Ahnung von Sommerseligkeit,
vermag das Bienenvolk über den Winter zu retten.

Allerheiligen - finsterster Tag im November.
In der behaglichen Stube sitzen wir beisammen.
Das Feuer bullert im Ofen,
auf dem Tisch dampft in großen Tassen
der Tee mit Rum
(Tee kann sein, Rum muß sein!).
Und der Ofen bullert,

der Wind seufzt im Kamin.
Vor dem Fenster in grauer Dämmerung
die schwarzen Arme des Kastanienbaums.
Die Wärme im Zimmer
und die Wärme im Bauch.
Da beginnt einer zu erzählen:
Friedhofsgeschichten -
wie dem alten Feddersen
die Hand aus dem Grabe wuchs,
weil er noch auf dem Sterbebett
einen Meineid geleistet hatte.
Die Skeletthand mit den Schwurfingern
auf dem Geestfriedhof;
und außerdem besaß er das sechste
und das siebente Buch Mosis.
Der konnte hexen,
vor dem hatte man Angst.
Und ein Spökenkieker war er!
Der wußte, wann die Uhr abgelaufen war
bei einem Dorfbewohner.
Der hat auch den Brand
von Bendixens Scheune vorausgesehen.
„Nun mal langsam!"
Der Pastor lehnt sich zurück:
„Daß Ihr solchen abergläubischen Kram
noch glauben mögt!"
„Meine Hand wächst jedenfalls nicht
aus dem Grab", eifert sich Uwe:
„denn ich lasse mich verbrennen!"
„Mein Sohn, das ist aber nicht im Sinne der Kirche."
„Och, Herr Paster, meinen Sie nicht auch:
Wenn unser Herrgott uns aus Wurmdreck
wieder zusammensetzten kann,
dann kann er das auch aus Asche?!"
„Versündige Du Dich man nicht!"

Der Prediger steht auf; er hat noch zu tun.
Uns anderen ist plötzlich kalt geworden.
Der Rum schmeckt schal.
Das Feuer ist heruntergebrannt.
Durch das Fenster kriecht Dunkelheit.

Der Wind hat den Nebel vertrieben,
wütender heult er im Schornstein.
Ein Zweig pocht an das Fenster,
so, als fordere der Kastanienbaum Einlaß.

Und die dunkle Traube des Bienenvolks
drängt sich noch dichter zusammen.
Ein Tierchen sucht die Wärme des anderen,
um nicht zu erstarren
und erbärmlich zu sterben
in der Kälte der windigen Nacht.

Winterbild

Draußen im Koog
sind die düsteren Wasser erstarrt
unter dem eisigen Winterhauch.
Über der gläsernen Stille
raschelt das Reet im rauhen Wind.
Vor der Linie des Deiches
der Scherenschnitt einer bizarren Baumreihe
im kalten Rot des Abendlichts:
Zerborstene Kopfweiden
greifen vielarmig und hilflos
in den Purpur der verschneiten Marschen hinein.
Das schwarze Skelett des Kastanienbaums
im violetten Leichentuch;
zerfallender Zaun, halbverschneit.
Dahinter das Reetdachhaus
mit den warm leuchtenden Fenstern
und dem Rauch,
der aus seinem Schornstein aufsteigt
und sich in steinernem Gewölk verliert.

Der einsame Mensch auf dem Weg
durch den kalten Winterwind
ins feindliche Abendrot.

Hoffnung - Das ist:
Der Mensch muß nicht
an dem Reetdachhaus
vorübergehen!

Schneesturm

Die Insel seit Wochen vom Eis umschlossen,
das weiß auf schwarzem Wasser liegt.
Und weit draußen gleiten lautlos
Ströme von Treibeis vorbei,
glitzernd unter der Sonne des kurzen Tages,
schimmernd im bleichen Mondlicht
der langen Winternächte.
Die Vögel sind fortgeflogen;
in der Ferne nur, über offenem Wasser,
hört man sie manchmal schreien.

Heute früh schlug das Wetter um:
wurde der Ostwind zum Sturm.
Ostnordost sieben bis acht
und heftiger Schneefall.
Über den Wipfeln der Waldes tost der Sturm,
jagt Schneeflagen durch den finsteren Tag.
Verwehungen auf dem Waldweg,
die Häuser am Waldrand kaum auszumachen
im grauen Wehen des Windes.
Bei der Vogelkoje kämpft ein Reiher
mühsam mit den Böen,
die ihm seine Schwingen brechen wollen,
und ihn wie ein großes, welkes Blatt
hinwegreißen in tosende Schneedämmerung.
Der eisige Sturm rempelt wütend
beim Dünenübergang
und bläst mit eisigem Atem
beißende Kälte ins Genick.
Freigeblasen vom Schnee
hat der Wind die Reste der Wohnplätze
aus der Wikingerzeit,
so wie er sie einst mit Sand bedeckte!

Die dunklen Buckel der Steinsetzungen
im eintönigen Weiß
unter peitschendem Schnee.

Vor langer Zeit,
als diese Hütten noch aufrecht standen,
wurden an ihren Feuern
die alten Geschichten erzählt,
und der Meergott Ägir
hatte sein Reich hier ganz in der Nähe.
Ägirs Frau heißt Ran,
und an den Feuern erzählte man,
sie sei düsteren, wilden und grausamen Sinnes.
Ihr gehören Alle, die im Meer ihr Leben verlieren.
Mit dem Netz fischt sie die Ertrunkenen auf.
Die Fischer
in ihren verräucherten, finsteren Hütten
fürchten sie sehr und bringen ihr Opfer dar,
um sie milde zu stimmen.
Doch Ran ist ein Weib ohne Herz,
unersättlich ist sie in ihren Begierden.
Und als längst schon
die Feuer der Fischer erloschen waren,
ihre Hütten seit langem verrottet
und die Reste vom Sande verweht,
da blieb sie noch lange
in der Erinnerung der Menschen,
die auf den Meeren fahren,
lange noch,
nachdem die Welt der Götter und Riesen
untergegangen ist und erloschen,
wie die Feuer der Fischer in eisgrauer Vorzeit.

In der Nähe, abseits vom Weg,
Reste eines uralten Grabes,

ein steinernes Riesenbett,
die mächtigen Findlingsblöcke halb verweht
von Sand und Schnee.
Vier- oder fünftausend Jahre lang
die letzte Behausung von Toten,
unverletztes Refugium ihrer Reste,
geschützt durch Tabu, Aberglaube und Respekt...
Erst neueren Zeiten blieb es vorbehalten,
die Toten in ihrer Ruhe zu stören
und sie aus ihrer Behausung zu jagen.
Beutegier und Sucht nach Sensation
zerstörten jahrtausendealte Ruhe.
Die wenigen Reste verstreut in Museen.
Dem Neonlicht preisgegeben,
was einstens geheim und unberührbar war...
Die grauen Riesensteine im Schneetreiben,
das Heulen des Sturms,
die Sicht nur wenige Schritte,
und die Geister kehren zaghaft zurück,
an die Stätte, die sie im Sommer meiden,
wenn Kinder mit ihren bunten Plastikeimerchen
in unschuldiger Fröhlichkeit im Sande toben
und kreischen vor Lebenslust.
Die ohne Leben sind, sie kehren jetzt zurück
in die Einsamkeit des finsteren Wintertages,
im Schneesturm, der Lebenden den Atem nimmt
und der ihre Spuren in wenigen Augenblicken
unkenntlich verwischt,
so wie er die Welt der Götter verweht hat
und die Schatten derer,
die einst diese Stätten bewohnten.
Eisige Kristalle prasseln dicht an dicht.
Im Gehen die Augen geschlossen vor Schmerz,
blind von schneidender Kälte,
blind im peitschenden Schnee,

so blind wie Hödur,
der einst der Gott des Winters war,
Odins Sohn, den niemand liebte
von den Menschen,
denn er brachte die Stürme
und die froststarrende Kälte,
er ließ die Feuer der Fischer erlöschen
und alles Leben ersterben,
wenn er seine Herrschaft antrat.
Niemand liebte ihn von den Menschen,
denn durch seine Hand fand sein Bruder,
der frühlingsschöne, freundliche Baldur,
den Tod.

Und weiter entlang des Bohlenwegs,
halb erstarrt bereits vom beißenden Sturm,
der jetzt aus Nord bläst
und an Heftigkeit zugenommen hat.
Der peitschende Schnee ist vermischt mit Flugsand,
der wie mit tausend Nadeln sticht.
Bart und Augenbrauen sind von Eis verkrustet.
Das Quermarkenfeuer:
die letzte Verbindung zu der Menschenwelt,
seine Lichtsignale:
bereits im Entstehen vom Schneesturm verschluckt.
Nach Westen nur noch das Reich des Wesenlosen!
Hier öffnet sich die Unendlichkeit:
Ein tosendes, weißgraues Chaos,
ohne Anfang und ohne Ende.
Und jeder Schritt ist ein Schritt hinein
in diese Unendlichkeit,
ein Schritt zurück zum Anbeginn aller Zeiten.
Denn am Anfang war gähnende Leere,
Nebel brauten über dem Abgrund
und der Eiseshauch der Kälte

wehte durch den ungeheuren Raum.
Kein Baum war da, kein Grashalm.
Nirgends eine Spur von Leben.
Nicht die Bläue des Himmels war da
noch die funkelnden Sterne der Nacht.
Trostlos war es und schaurig,
und das Grauen feierte seinen Sieg
über Schönheit und Glanz,
der Hauch des Todes über das Leben...
Und kein Mensch ist und kein Gott;
nichts Lebendes begegnet dir,
und du bist selbst schon halb gestorben.
Aber an Tagen wie diesem,
irgendwo da draußen in tosender Finsternis,
zerrt der Fenriswolf wütend an seinen Fesseln,
und mit ihm heulen
all die spukhaften Schreckgestalten,
die dämonischen Wesen,
die von Urzeiten an
Ausgeburt angstvoller Träume sind.

Nächte ohne Schlaf

Traumfetzen hängen dir noch
im wüsten Kopf
wie zerrissene Spinnenweben.
Zwischen Wolkenschleiern
schwebt ein trüber Mond,
und der Schatten des Baumes
sieht drohend in dein Fenster.
Der Wind schläft;
aber etwas schleicht da
über die Watten heran durch den Koog,
wie weiße Nebel,
alpdruckhaft,
und will dir die Seele austrinken.
Du sitzt in zerwühlten Kissen,
schweißnaß das Haar,
im Herzen das Echo eines Entsetzens,
das aus schwarzer Finsternis kam.
Und du schwörst dir,
morgen endlich den Arzt aufzusuchen.
Durch dein fieberndes Hirn
geistern Pläne:
Ein neues Auto vielleicht
und das Badezimmer im Dachgeschoß...
Aber du kannst die Bilder nicht zuende denken.
Du schließt die Augen,
um den Mond nicht sehen zu müssen
und seine drohenden Schatten.
Zum Lesen bist du viel zu müde,
zum Aufstehen zu erschöpft.
Und hinter den geschlossenen Lidern
tanzen die grellen Bilder,
Gedankenblitze in überreizten Nervenbahnen.
Alle anderen schlafen,

und du bist allein,
so entsetzlich allein!
Der Schrei einer mondsüchtigen Katze,
wie ein Kind in Todesangst!
Und auf dem Scheunendach
ruft unablässig das Käuzchen:
Kuwitt, kuwitt - komm mit!
Im Gebälk knarrt die Totenuhr.
Du hörst dein Blut
durch die Adern rauschen
und das krampfhafte Schlagen
deines geängstigten Herzens.
Allein, so allein
in dieser Mondnacht ohne Schlaf
und auf dem Rest des Weges,
der noch vor dir liegt!

Die Bienen

Bald ist unsers Lebens Traum zuende,
Schnell verfließt er in die Ewigkeit.
Reicht zum frohen Tanze euch die Hände!
Tut´s geschwinde, sonst enteilt die Zeit!

Und die Bienen tanzen,
wenn sie arbeiten.
Sie zeigen sich so den Weg,
die Stelle, wo die bunten Blumen stehen
und wo der Honig fließt...
Um ein Gläschen voll Honig zu sammeln,
muß eine Biene sechstausend mal fliegen
und so viele Kilometer.
Ein kleines Leben
für einen Löffel voll Honig.

Um ein Haus zu erbauen,
muß ein Mensch sechstausend Stunden arbeiten
und noch mehr,
wenn er alles allein macht.
Uwes Tatendrang ist grenzenlos.
Seine Aktivitäten
erfordern eigentlich
die Lebenszeit mehrerer Menschen.
Neben seinem Beruf
(und der ist hart und ungesund)
hat ihn das Baufieber ergriffen.
Das große Haus verwandelt sein Gesicht.
Drei Wohnungen für Sommergäste entstehen,
alles nach Feierabend,
mit unendlicher Mühe und Sorgfalt,
„damit Anne einmal versorgt ist"

und für die beiden kleinen Mädchen.
Der Garten wird umgestaltet.
Ich helfe mit, eine Birke zu holen,
eine Birke aus dem Wald
mit allen ihren Wurzeln.
Aber der größte Baum muß es sein;
alles muß groß sein und stark,
oder außergewöhnlich:
So erwirbt er den Jagdschein,
und er fährt im Boot weit hinaus auf das Meer.
Mit den Gästen geht er zum Schollengreifen
und wieder und wieder ins Watt,
zum tausendsten Male
in die glitzernde Weite -
und ist doch immer unruhig,
denn die Zeit tropft dahin,
und so vieles wäre noch zu tun:

Einmal um die Erde rund,
das war längst noch nicht genug.
Noch einmal zur See fahren,
so viele Länder noch
in fernen Meeren;
und hinter weiten Horizonten
so viel Sehnsucht...

Ein wenig Ruhe
bringen ihm die Bienen.
„Man muß mit ihnen reden
und ganz zärtlich und leise
zu ihnen sein.
Siehst du, dann stechen sie nicht.
Und wenn man gestorben ist,
dann muß jemand zu den Bienen gehen,
und er muß es ihnen sagen,

ganz leise,
er braucht es nur zu flüstern.
Sie verstehen es
und erstarren vor Trauer."

Und später dann,
im kalten Frühling,
ließ auch die Birke traurig
ihre Zweige hängen,
und ihre jungen Blättchen
verdorrten im Sonnenlicht.
Sie konnte keine Wurzeln mehr fassen.
Sie war schon zu groß,
um noch weiter leben zu können.

Dunkler Frühling

Die Stunden tropfen dahin
wie dunkler Honig,
entschwinden ins Nichts,
verschlungen vom grauenvollen Abgrund,
dem schwarzen Grab versunkener Träume,
bis endlich nach Mariä Lichtmeß
die Tage wieder länger werden
und der Winter mit seiner Finsternis
fortgeblasen wird
von den tobenden Stürmen
der Äquinoktien.

Und wieder ist Frühling!
Die Schwalben sind zurückgekehrt
und die Mauersegler.
Im Koog steht sogar ein Storch;
leuchtende Klarheit
liegt über dem Land.

Aber die Fröhlichkeit
ist nicht zurückgekehrt.
Schatten durchstreifen die Fennen,
dunkle Ahnungen,
erste Schmerzen -
Dann die Gewißheit
des nahenden Todes
noch bevor der Sommer
ins Land gegangen sein wird...

Und die Zeit tropft dahin
wie dunkler Honig,
und das Leid und die Schmerzen
und schließlich: der Abschied - - -

Letzte Wanderung

Was für ein Wetter!
So richtiges Wattführerwetter!
Der Sommer war nie so süß,
das Gras weht im weichen Wind,
und die Wolken, so weiß im weiten Blau,
senden eilige Schatten über das sonnige Land.

Die Kirchwarft ist heut voller Menschen,
dieser sonst so einsame Ort sehr belebt -
Nur einer ist nicht mehr dabei,
und für ihn klingt die Glocke,
ihr heller Klang verweht im Sommerwind.

Salbungsvoll und sanft die Worte des Predigers:
„Ich habe ihn nicht gekannt...
... er kam nie zu mir in die Kirche!"

Der Wind wühlt im grünen Laub der Linden;
im Westen der gleißende Strich der See,
der hohe, helle Himmel;
das wehende Gras im weichen Wind
und die fliegenden Wolkenschatten.
Der traurige Klang der Glocke.
Ein Vaterunser.

Und das schwarze Grab
wird doch seine Seele nicht fassen:
denn die ist schon längst unterwegs -
irgendwo zwischen Dagebüll-Mole und Oland
in den glitzernden Watten, im salzigen Wind...

Das Licht helfe Dir
Kurs zu halten auf Deiner Reise.
Der Wind stärke Dir den Rücken.
Der Sonnenschein wärme Dein Gesicht,
und der Regen falle sanft auf Deine Haare.

Was für ein Wetter!
Ein richtiges Wattführerwetter!

Epilog

Und jemand muß zu den Bienen gehen
im sonnenwarmen Garten,
wo im eingeschlafenen Wind
die bunten Sommerblumen duften.
Halblaut muß er murmeln
vom Tode des Bienenvaters,
immer wieder, immer wieder,
eindringlich und leise zugleich
muß er flüstern
vom Tode ihres Herrn.

Dann fällt es wie ein dunkler Schatten
über die Bäume des Gartens,
und die Tierchen hören auf zu fliegen,
sie verstummen eines nach dem andern.
Es wird still im Garten
ohne das Summen der Immen,
ohne das sanfte Wehen des Sommerwinds -
und selbst die Blumen duften nicht mehr
im düsteren Sonnenlicht.

Und die Bienen sitzen
mit müde gesenkten
gläsernen Flügeln.
Sie schauen aus dunklen Facettenaugen
in eine unsichtbare Welt,
und ihre kleinen Antennen
nehmen Kontakt auf.

Nachwort

In den Wochen vor Weihnachten, in der dunkelsten, aber auch der stillsten Zeit des Jahres, halte ich mich am liebsten an der Nordseeküste auf. Die Sommergäste sind längst schon fort; der Weihnachtstourismus hat noch nicht eingesetzt.

Dann ist die Zeit der langen, einsamen Spaziergänge auf dem Deich von Westerhever, von Husum oder von Dagebüll, die Zeit der Wanderungen entlang des endlosen Strandes von Amrum. In den Ohren das Donnern des Windes und das Toben des Meeres, in den Lungen die unbeschreiblich frische, unverbrauchte Nordseeluft, der Körper ermattet vom Kampf gegen den ewigen Nordwest, der Geist hellwach, freigeblasen von allem Ballast...

Und in der Unrast der Witterung, im Rauschen der Brandung, klingen dann alte Lieder auf, die man vor sich hinsummt, Verse, die nicht aus dem Kopf weichen wollen, Gedichte von Theodor Storm, von Klaus Groth oder vom unvergessenen Hans Leip. Um diese Gedankensplitter herum kristallisieren sich Fantasiegebilde, Erscheinungen und Erlebniswelten vergangener Tage, und es entstehen neue Bilder, hervorgerufen durch die Erinnerung an Menschen, die einst ein Stück Weges mit mir gegangen sind, an Ereignisse, die mein Leben prägen halfen und an die wunderbaren Natur- und Landschaftseindrücke von der Wasserkante.

Ein roter Faden zieht sich durch alle diese Dichtungen: Die Erinnerung an das erfüllte Leben und an den frühen Tod von Uwe Paysen, der sein Nordfriesland so innig geliebt hat. Dem Andenken dieses unsteten Seefahrers, Wattführers, Jägers, Bienenzüchters und begnadeten Erzählers sollen meine Verse gewidmet sein.

Wir wollten zusammen ein dickes Buch schreiben, prall voll mit Geschichten von der Küste Nordfrieslands, von den Inseln und dem Meer...

Nun ist es nur ein schmaler Gedichtband geworden, nur eine Andeutung dessen, was hätte sein können:
Und das schwarze Grab wird doch seine Seele nicht fassen, denn die ist schon längst unterwegs, irgendwo zwischen Dagebüll-Mole und Oland, in den glitzernden Watten, im salzigen Wind!
Die Gedankensplitter, die zur „Initialzündung" für einige meiner Situationsbilder wurden, habe ich im Druck kursiv hervorgehoben: Im Gedicht „Heidebild": Theodor Storm; Im „Traum von Amrum": Hans Leip; „Die Farben von Seebüll": Emil Nolde; „Die alte Wanduhr": Volkslied sowie der Schluß einer Leichenpredigt von 1677; „Herbstbild": Jean Paul; „Die Bienen": Theodor Storm; „Letzte Wanderung": Irisch-keltischer Segensspruch. Das Gedicht „Seespuk" geht in seiner Idee auf die Erzählung „Heidgang" von Hermann Löns zurück. Das leicht geänderte Epitaph zu Beginn des Buches wurde für Caspar Kloßmann geschrieben, der im Jahre 1657 in Breslau starb.
Meine Zitatenangabe dient nicht allein der literarischen Redlichkeit: Vielleicht ist sie auch Anregung, einmal wieder zu dem einen oder anderen Band der genannten Autoren zu greifen. Es lohnt sich! Und wenn meine Dichtungen darüber hinaus ein wenig geholfen haben, die Sinne zu schärfen für die zerbrechliche Schönheit des kostbaren Juwels, das den Menschen mit der Nordseeküste und ihrer Natur anvertraut wurde, dann wäre Uwes Wunsch doch noch in Erfüllung gegangen!

G. K.
im Januar 1997

Inhalt

Epitaph	5
Erste Wanderung	7
Das Dorf mit dem fröhlichen Namen	11
Heidebild	14
Die bunten Wolken	16
Der Regenbogen	17
Peter Pan	19
Mädchen im Strandkorb	20
Der Traum von Amrum	22
Feuerstein	25
Bernstein	28
Sommertag in der Marsch	32
Dorfstraße am Abend	33
Abendwind	36
Die weißen Nächte	37
Das Glück im Winkel	38
Döntjes vertellen	39
Lockende Horizonte	41
Das Seegarn vom Albatros	45
Treibholz	47
Die Nacht am Wrack	50
Seespuk	51
Der Leuchtturm	53
Der Himmel über dem Wattenmeer	56
Samstagsputz	57
Marienkäfer im Ostwind	58
Undine	60
Die Farben von Seebüll	61
Der goldene Eichenbaum	63
Abschied vom Sommer	68
Windiger Septemberabend	69
Mondnacht über der Geest	71
Die alte Wanduhr	73

Herbstbild	77
Wolkenschatten	78
Spuren im Sand	79
Spökenkieken	84
Winterbild	87
Schneesturm	88
Nächte ohne Schlaf	93
Die Bienen	95
Dunkler Frühling	98
Letzte Wanderung	100
Epilog	102
Nachwort	104